Bechgyn y Bomio

gan

Thomas Bloor

Addasiad Elin Meek

Argraffiad Cymraeg cyntaf 2012

Hawlfraint y testun: Thomas Bloor 2008 ©
Hawlfraint y testun Cymraeg: Elin Meek 2012 ©

ISBN 978-1-78112-139-9

Teitl gwreiddiol: *Bomber Boys*

Cyhoeddwyd gyntaf ym Mhrydain yn 2008 gan Barrington Stoke Ltd.,
18 Walker Street, Edinburgh, EH3 7LP.

Cyhoeddwyd yn Gymraeg ym Mhrydain yn 2012 gan Barrington Stoke Ltd.,
18 Walker Street, Edinburgh, EH3 7LP.

Noddwyd gan Lywodraeth Cymru.

Argraffwyd ym Mhrydain gan Bell a Bain Cyf, Glasgow

Cynnwys

Pennod 1
Yr Hen Ddyn

Gwanwyn 1944

Roedd yr Hen Ddyn wedi ein gadael. Roedd e bum mlynedd yn hŷn na'r gweddill ohonon ni, siŵr o fod. O leiaf 23 oed. Roedden ni'n ei alw'n Gapten, neu Jonesey, neu Bill, yn ogystal â'r Hen Ddyn. Ond yn y Llu Awyr, Awyr-Lefftenant William Jones oedd e, a laddwyd mewn brwydr, 12 Ionawr 1944. Roedd yn beilot da ac yn hen foi go iawn. Llwyddodd i ddod â ni adre'n ddiogel y noson honno. Pawb ond fe ei hun, hynny yw.

Roedden ni'n dîm. Roedden ni wedi hyfforddi gyda'n gilydd, wedi dysgu hedfan bwystfil mawr o awyren o'r enw'r Lancaster bomber. Bill Jones oedd ein peilot ni, capten yr awyren. Fi oedd yn darllen y mapiau, yn plotio ein ffordd i'r targed ac yn ôl eto. Nelson oedd yn anelu'r bomiau. Fe oedd yn gwasgu'r botwm i ollwng ein bomiau ni. Hammers oedd y peiriannydd. Fe oedd yn gofalu am y peiriannau ac yn helpu i hedfan yr awyren. Mitch oedd wrth y radio, Dodge oedd wrth y gynnau yn y tyred uchaf a Ron oedd y gynnwr cefn. Saith ohonon ni. Roedden ni wedi byw gyda'n gilydd, wedi hedfan gyda'n gilydd, wedi ymlacio gyda'n gilydd. Roedden ni'n gwneud popeth gyda'n gilydd.

Ond nawr roedd yr Hen Ddyn wedi mynd. Roedd wedi llwyddo i lanio'n ddiogel mewn cae hanner milltir o'r gwersyll awyr, ar ôl i ni golli tanwydd a ninnau heb ddigon i hedfan yr holl ffordd adref. Ond rywsut roedd wedi taro ei ben, yn galed, wrth i'r awyren aros yn sydyn. Roedd wedi marw cyn i'r ambiwlans gyrraedd. Felly roedd yn rhaid i ni gael peilot newydd nawr.

Johnny King oedd ei enw, a doeddwn i ddim yn ei hoffi o'r dechrau'n deg.

"Wel 'te, fechgyn," meddai, y tro cyntaf i ni gwrdd ag ef. "Beth ddigwyddodd i'ch hen gapten chi, 'te?"

Doedd neb eisiau siarad am y peth. Edrychais draw a dweud dim. Hammers dorrodd y tawelwch.

"Mae'r Hen Ddyn mewn lle arall," meddai. "Mae e wedi cicio'r bwced." Wedi marw oedd ystyr hynny ond doedd neb yn defnyddio'r gair marw.

"Felly clywais i," meddai Johnny. "Wel, ry'ch chi'n gwybod beth maen nhw'n ei ddweud – " Oedodd am eiliad. "Os na all e gymryd jôc ddylai e ddim fod wedi ymuno!"

Mae'n swnio'n greulon, ond chwarddodd pawb. Roedden ni'n ceisio peidio â bod ormod o ddifrif y dyddiau hynny, yn enwedig am farwolaeth. Roedden ni wedi bod ar ein trydydd cyrch bomio'r noson roedd Bill wedi ei ladd. *Operations* neu *ops* oedd yr enw arnyn nhw, ac roedd yn rhaid gwneud 30 i gwblhau tymor. Ar ôl gwneud 30 *op*, roedd y tymor ar ben ac roedd cyfle i symud i swydd ddiogel yn un o'r ysgolion hyfforddi. Ond roedd yn rhaid mynd drwy'r tymor yn gyntaf. Ac er nad oedd neb yn dweud hynny, roedd hi'n ddigon amlwg mai ychydig iawn o ddynion oedd yn llwyddo i wneud 30 *op*.

Roedden ni'n cerdded ar hyd lôn wledig a'r adar yn canu yn y coed ac ŵyn bach cyntaf y gwanwyn yn brefu yn y caeau. Roedden ni i fod i wneud y cyrch cyntaf gyda'n peilot newydd y noson honno, ond roedd yn addo niwl. Doedd dim sôn am niwl nawr, ond doedden ni ddim yn mynd i gwyno. Roedd Johnny wedi cynnig prynu diod i ni i gyd.

"Y stori glywais i," meddai Johnny, "oedd ei fod e wedi aros yn rhy hir wrth y llyw. Ei fod e wedi gwneud camgymeriad. Ydy hynny'n wir?"

Pesychodd Mitch. "Roedd Bill yn hen foi iawn. Doedd neb gwell i'w gael."

Cododd Johnny ei ysgwyddau. "Digon teg. Ond does dim angen i chi fechgyn boeni rhagor. Dwi ddim yn gwneud camgymeriadau. A dweud y gwir, does dim ots hyd yn oed os ydw i. Dwi'n lwcus, chi'n gweld. Yn lwcus, a dyna hi."

Rhedodd ysgyfarnog ar draws y lôn o'n blaenau. Roedd arogl gwair newydd ei ladd ym mhob man. Roeddwn i'n gobeithio bod Johnny yn dweud y gwir, ac y byddai e'n rhannu ei lwc dda â ni i gyd. Roedd hi'n anodd credu ein bod ni wedi bod yn ymladd am ein bywydau dridiau'n ôl, filoedd o droedfeddi yn yr awyr uwchben yr Almaen. Ac mewn diwrnod neu ddau bydden ni'n gwneud y cyfan eto.

Pennod 2
Y Bedol

Roedden ni'n arfer cwrdd yn y Bedol. Tafarn fach oedd hi. Doedd y bar ddim yn llawer mwy nag ystafell ffrynt tŷ cyffredin, ond roedd yn agos i RAF Lime Coldham, ein gwersyll awyr ni. Roedd y lle'n llawn o bobl y llu awyr bob amser. Y noson honno roedd y dafarn yn ymddangos yn llawnach nag arfer.

Roedd May Miller yn mynd allan wrth i ni ddod i mewn. Bu bron i mi daro yn ei herbyn. Gwenodd.

"Helô, ti." Rhoddodd ei llaw ar lawes fy siaced llu awyr. Roedd hi'n perthyn i'r WAAF, cangen merched y llu awyr. Roedd ei hiwnifform hi'n frethyn llwydlas, yn union fel f'un i.

"May." Sefais yn stond.

"Dere, Len, paid â gwastraffu amser." Cydiodd Hammers yn fy mraich a'm harwain at wres y bar gorlawn. Edrychais yn ôl ar May a'i gweld yn ysgwyd ei phen a gwên drist ar ei hwyneb. Roedd ei llygaid yn disgleirio fel petaen nhw'n llawn dagrau. Trodd ar ei sawdl a mynd am y drws.

"Dy gariad di?" Roedd wyneb Johnny King yn agos at fy wyneb i. Doeddwn i ddim yn hoffi hynny.

"Ddim nawr," meddai Hammers. Roedd ei geg yn syth a chadarn. "Ei gyn-gariad e yw honna."

"Wir?" Estynnodd Johnny ei wddf a syllu draw at y drws wrth i May gerdded allan. "Beth sy'n bod arni hi? Mae hi'n edrych yn bishyn, ddwedwn i."

"Mae pob dyn sy'n ei chanlyn hi yn cael anlwc."

Cododd Johnny ei aeliau gan wenu'n ddirmygus. "Wir?" meddai eto.

Winciais ar Nelson. Roedd gwên ar ei wyneb tywyll. Roedden ni i gyd yn gwybod mai Hammers oedd yr unig ddyn yn Bomber Command oedd yn credu mewn lwc a phethau felly. Roedd yn rhaid i Johnny dderbyn hynny os oedd am fod yn gapten newydd arnon ni. Ond doeddwn i ddim yn hoffi'r olwg ar wyneb Johnny King wrth iddo wylio May yn cerdded o'r dafarn.

"Mae melltith arni hi, oes wir." Siglodd Hammers ei fys yn yr awyr.

Rholiodd Dodge ei lygaid. "Dyma ni eto, yr un hen dôn gron," meddai.

Chymerodd Hammers ddim sylw. "Roedd y tri bachgen diwethaf oedd yn gariadon iddi yn griw awyr yma yn Lime Coldham, a nawr mae pob un ohonyn nhw wedi darfod." Ffordd arall oedd honno o ddweud eu bod nhw wedi marw. Roedd Hammers yn gallu dweud bod rhywun wedi marw mewn mwy o ffyrdd na neb arall yn yr orsaf awyr. "Barker, ydych chi'n ei gofio fe? Fe gafodd e ei ladd dros Wlad Belg. Ddaeth Stevie ni byth yn ôl o Hamburg. A'r boi 'na o Ganada, Jobson, fe drawodd ei awyren e ochr bryn, mewn niwl trwchus, dair milltir cyn cyrraedd y gwersyll awyr. Pob un ohonyn nhw wedi mynd i ffordd yr holl ddaear. Ac yn fwy na hynny,

8

dyna ddiwedd eu criwiau nhw hefyd. Dyna 21 o ddynion i gyd. Mae honna fel cusan marwolaeth, does dim dwywaith amdani."

"May yw ei henw hi. Fe allet ti ei galw hi wrth ei henw, o leiaf." Doeddwn i ddim eisiau gwrando ar Hammers yn beio May am yr hyn ddigwyddodd i'r awyrennau yna. Fel roedd e'n siarad, fe allech chi gredu ei bod hi wedi neidio i mewn i awyren ymgyrch nos a saethu'r criw i gyd ei hunan. Roeddwn i eisiau ei hamddiffyn hi. Ond eiliad yn ddiweddarach, roeddwn i'n flin fy mod wedi agor fy ngheg.

"May, ie? Enw pert." Llyfodd Johnny ei wefusau. "Fe fydd yn rhaid i mi fynd â hi allan rywbryd."

"Wyt ti wedi bod yn gwrando arna i o gwbl, Gapten?" Syllodd Hammers ar Johnny.

Gwenodd Johnny. "Edrychwch, dwi wedi dweud wrthoch chi. Does dim i boeni yn ei gylch. Dwi'n lwcus. All melltith fel yna ddim cyffwrdd â fi."

"Wel, fechgyn, fe fydd ychydig o lwc ychwanegol yn help i ni i gyd." Gwenodd Nelson ac ysgwyd ei ben, a rhoi pwniad bach chwareus yn asennau Hammers â'i benelin. Nelson fyddai'n tawelu'r dyfroedd fel arfer. "Soniaist ti rywbeth am ddiod i bawb, Gapten?"

"Wrth gwrs!" Trodd Johnny ataf. Rhoddodd ei ddwylo yn ei boced a gwneud stumiau. "Len, fachgen," meddai'n dawel. "Ga i fenthyg arian? Dwi wedi gadael fy waled yn yr orsaf."

Ochneidiais a rhoi fy llaw ym mhoced fy siaced. Doeddwn i ddim yn hoffi Johnny King, ond roedd Nelson a Hammers yn ei alw'n Capten yn barod. Roedd gweddill y criw fel petaen nhw'n barod i'w dderbyn. Ond roeddwn i'n dal yn ansicr.

Pennod 3
Rhybudd Taylor

Y noson honno, llosgon ni ein henwau ar nenfwd y Bedol. Roedden ni'n cydio mewn cannwyll wedi'i goleuo yn un dwrn, ac yn cael ein codi fesul un ar gefn Nelson, dyn talaf y criw. Ac roedden ni'n estyn at y nenfwd i adael i fflam y gannwyll lyfu'r plastr gwyn. Roedden ni'n gadael llythrennau llawn lludw ar y nenfwd. Roedd pawb yn curo dwylo ac yn gweiddi wrth i ni ysgrifennu ein henwau yno i bawb eu gweld.

Nid ni oedd y cyntaf. Yn wir, roedd hi'n anodd dod o hyd i le clir mewn unrhyw fan ar y nenfwd. Roedd cannoedd o enwau yno. Roedden ni'n adnabod rhai ohonyn nhw. Ond enwau bechgyn oedd wedi mynd i le gwell oedd y rhan fwyaf. Bechgyn nad oedd neb yn eu cofio.

Plygodd Nelson ei bengliniau wrth i Hammers a Johnny fy nhynnu oddi ar ei gefn, gan chwerthin yn groch. Cymerodd Ron y gannwyll, yn barod i wneud ei farc. Meddyliais tybed faint o'r rhai oedd wedi ysgrifennu'u henwau ar y nenfwd oedd yn dal yn fyw. Doedd y syniad ddim yn un braf. Gwthiais drwy'r dyrfa fawr o yfwyr, at y drws. Roedd angen awyr iach arna i. Y tu ôl i mi, clywais gloch y bar yn canu a gwraig y dafarn yn gweiddi, "Amser cau, os gwelwch chi'n dda!"

****

Roedd Taylor y tu allan. Roedd ar ei ben ei hun, fel arfer. Roedd hanner peint o gwrw golau yn ei law, ac roedd yn pwyso yn erbyn wal frics tŷ bach y dafarn. Ceisiais gerdded heibio iddo, ond yr eiliad y sylwodd arna i, dyma fe'n sefyll yn unionsyth cyn hanner baglu tuag ataf. Safodd yno, yn simsan, gan wyro o'r naill ochr i'r llall, a syllodd arnaf yn y golau pŵl oedd yn dod drwy ffenestri gwydr tywyll y dafarn.

Roedd pawb yn adnabod Taylor, er nad oedd neb byth yn siarad ag ef. Roedd wedi bod yn rhan o griw bomio unwaith. Ond roedd amser mawr ers hynny. Y sôn oedd ei fod wedi beichio crio un noson a gwrthod hedfan ar ragor o *ops*. D.A.C. oedd enw pawb yn y llu awyr arno. Ystyr hyn oedd Dim Asgwrn Cefn. Felly roedd yn cael ei alw'n llwfrgi. Roedd wedi cael ei ddiraddio a'i orfodi i adael ei sgwadron. Roedden nhw wedi'i anfon yma, i Lime Coldham. Fe oedd yn gwneud y jobsys gwaethaf yn y gwersyll, fel glanhau'r tai bach yng ngwres yr haf, neu balu ffosydd draenio yng nghanol y gaeaf, pan oedd y tir wedi rhewi'n gorn. A doedd neb byth yn torri gair ag ef. Byth bythoedd.

Wn i ddim am y lleill, ond dwi'n gwybod pam roeddwn i'n osgoi Taylor. Doeddwn i ddim yn ei gasáu am ei fod yn llwfrgi. A doeddwn i ddim yn meddwl ei fod yn fradwr na dim byd fel yna. Ond am fod ofn arna i. Roeddwn i'n ofni y gallwn innau'n hawdd fod fel Taylor. Roedd ei weld yn fy atgoffa pa mor ofnus oeddwn i, pan oeddwn i'n gorfod mynd ar *ops*. Felly roeddwn i'n cadw draw. Ond nawr dyna ni, wyneb yn wyneb.

Y rhan fwyaf o'r amser doedd Taylor ddim hyd yn oed yn ceisio siarad â neb. Ond heno

13

roedd hi'n amlwg ei fod wedi cael llawer i'w yfed. Edrychodd arna i ac ysgwyd ei ben.

"Paid â hedfan gyda Johnny King Lwcus," meddai. Roedd ei dafod yn dew gan ddiod.

"Beth?" Edrychais arno'n graff. "Beth ddywedaist ti?"

"Johnny King Lwcus," meddai eto. "Roedd e gyda fy hen sgwadron i. Beth bynnag wnei di, paid â hedfan gyda fe. Efallai ei fod e'n lwcus, ond does neb sy'n hedfan yn ei awyren yn lwcus. Gofynna iddo fe. Fe blymiodd ei ddwy awyren ddiwethaf i'r ddaear yn wenfflam. A'r criwiau, fe gafodd pob un ohonyn nhw ei ladd. Pawb ond fe. Felly paid â hedfan gyda Johnny King. Os wyt ti am fyw!"

Nid dyna'r hyn roeddwn i am ei glywed.

"Cau dy hen geg!" Gwthiais Taylor. Baglodd ac eistedd yn drwsgl ar ochr y ffordd. Tasgodd ei gwrw o'r gwydr ac arllwys drosto. Eisteddodd yno, yn hanner cau ei lygaid, fel petai heb sylwi ar yr hyn wnes i.

"Paid â hedfan gyda Johnny King," meddai eto.

Pennod 4
Neidio

Trois ar fy sawdl. Roedd fy nghalon yn curo a'm bochau'n llosgi gan gywilydd. Doedd Taylor ddim cynddrwg â hynny. Roedd wedi cael amser caled, dyna i gyd. Doedd dim hawl gen i ei wthio fel yna. Ddylwn i ddim fod wedi gwneud. Anadlais yn drwm ac edrych arno. Roeddwn i wedi bwriadu mynd draw i'w helpu i godi, ond roedd wedi mynd yn barod. Mae'n rhaid ei fod wedi baglu i rywle pan nad oeddwn i yn edrych.

Agorodd drws y dafarn led y pen a llifodd ffrwd o leisiau hapus allan i awyr y nos. Daeth gweddill y criw ataf.

Roedd braich Nelson am ysgwydd Johnny King. "Dwi newydd ofyn i'n capten newydd ni ddod â'i ychydig eiddo draw i'n cwt Nissen hyfryd ni," meddai gan wenu. Roedd y cwt Nissen yn sied fawr ar gyrion y maes awyr. Dyna lle roedd y saith ohonon ni'n byw, gyda'n gilydd, fel y rhan fwyaf o'r criwiau bomio. Roedd gwely'r Hen Ddyn wedi bod yn wag, tan nawr.

"Mae'n anrhydedd cael dod yn rhan o'r teulu," meddai Johnny. Edrychodd arnon ni i gyd a gwenu. "Nawr, pwy sy'n barod am ychydig o hwyl a sbri canol nos?"

****

Aethom yn ôl i RAF Lime Coldham ar hyd y caeau. Roedd hen bont garreg yn croesi nant yn un o'r caeau. Rhedodd Johnny yn ei flaen gyda Dodge a Hammers. Gallen ni eu clywed nhw'n gweiddi ac yn sgrechian wrth iddyn nhw lithro ar y mwd steclyd. Roedd Ron a Mitch ychydig o'n blaenau ni.

"Ewch chi, blant, i gael hwyl a sbri!" galwodd Nelson. Chwarddodd yn galonnog. Dechreuais innau gerdded wrth ei ochr.

"Nelson. Sut rwyt ti'n gweld y capten newydd?"

Cododd Nelson ei aeliau. "Mae e'n iawn. Dwi'n credu y bydd e'n dod yn rhan o'r criw. Mae e bron yn un ohonon ni'n barod, on'd yw e? Pam rwyt ti'n gofyn?"

"O, dim rheswm," meddwn i. Chwarddais. Ond roeddwn i'n anesmwyth.

"Edrych, paid â chymryd sylw o'r hyn ddywedodd e am May," meddai Nelson. "Doedd e ddim o ddifrif. Ac os wyt ti am gael fy marn i, os wyt ti wir yn hoffi'r ferch, fe ddylet ti ddweud wrthi. Paid â gwrando ar Hammers. Mae e fel brawd, fel pob un ohonoch chi, ond dw i hyd yn oed yn gallu gweld ei fod yn dipyn o dwmffat!"

Tawais. Roedd Nelson yn siarad yn gall. Dwli pur oedd meddwl y gallai neb reoli lwc. Roedd pethau'n digwydd a dyna ni. Ac roeddwn i am weld May eto. Yn fwy na dim. Felly allwn i ddim sôn wrth Nelson am yr hyn ddywedodd Taylor am Johnny King. Lwcus neu anlwcus, bendith neu felltith, y gwir oedd bod ein bywydau ni'n dibynnu ar allu pob un ohonon ni wrth i ni wneud ein tasgau wrth hedfan *M am Mam*, ein hawyren ni. Ac, wrth gwrs, roedd bywyd pob un yn dibynnu ar allu'r gelyn wrth geisio ein saethu ni.

Doedd dim ots pwy oedd wrth y llyw, neu pa ferch roeddet ti'n ei chanlyn, neu faint o bethau lwcus roeddet ti'n eu cario yn dy boced. Doedd hynny ddim yn gwneud unrhyw wahaniaeth. Doedd hynny ddim yn effeithio ar yr Almaenwyr wrth iddyn nhw anelu eu gynnau a thanio drwy'r cymylau. Doedd hynny ddim yn effeithio ar y goleuadau chwilio oedd yn cylchu'r awyr â'u bysedd mawr o olau, neu'r peilotiaid ymgyrch nos oedd yn gwylio ac yn aros yn y tywyllwch. Felly ddywedais i ddim. Ceisiais anghofio am Taylor a'r hyn ddywedodd e am Johnny King Lwcus.

Pan gyrhaeddon ni'r bont, roedd Johnny'n sefyll ar y wal gerrig isel.

"Mae pawb yma, o'r diwedd!" meddai. "A nawr mae un ohonon ni'n mynd i neidio i'r nant!"

Daeth rhyw hanner bloedd ar ôl clywed y geiriau hyn.

"Dwi'n falch fod pawb yn cytuno. Pwy sy'n mynd yn gyntaf?"

Chwarddodd pawb. Ond roedd Johnny o ddifrif. Pwyntiodd ata i.

"Ti! Len Poll, Swyddog Peilot. Neidia i'r nant!"

Camais yn ôl. "Gad hi, Johnny, dim ond ychydig fodfeddi o ddyfnder yw'r nant honna. Fe dorra i fy nghoes."

"Gadewch hi, *syr*, fe dorraf i fy nghoes, *syr*, ai dyna roeddet ti'n ei feddwl? Mae fy safle i yn uwch na dy safle di, Len, wyt ti'n cofio?"

Roedd hynny'n wir, wrth gwrs. Roedd Johnny'n Awyr-Lefftenant ac felly ef oedd fy uwch swyddog. Ond mewn tîm agos fel criw bomio doedd neb wedi cymryd llawer o sylw o hynny erioed. Tan nawr.

"Wel? Dwi'n aros. Dwi am i ti neidio. Oes rhaid i mi roi gorchymyn i ti?"

Roedd gweddill y bechgyn yn dal i chwerthin, ond heb fod mor galonnog. Aeth pawb yn dawel. Roedd Johnny King yn syllu arnaf. Syllais innau yn syth arno. Symudais i ddim. Yna, daeth llais o'r tu cefn i ni a hollti'r tawelwch.

"Ble ddiawl ry'ch chi i gyd wedi bod? Dwi wedi bod yn crwydro'r lonydd gwledig diawledig yma ers oriau yn chwilio amdanoch chi!" Trevor

Price-Jones oedd yno, y Swyddog Gwybodaeth o'r gwersyll. Roedd e'n eistedd ar ei feic ac yn rhythu arnon ni. Roedd e'n gynddeiriog. "Mae'r niwl wedi mynd. Mae'r *op* yn digwydd. Ry'n ni'n mynd yfory!"

Pennod 5
Cyn Hedfan

May. Roedd yn rhaid i mi ei gweld hi cyn i ni hedfan ar y cyrch. Wrth orwedd ar fy ngwely bync yn y cwt Nissen, a sŵn chwyrnu tawel Nelson yn llenwi'r awyr myglyd, allwn i ddim meddwl am neb ond May. May a'r cyrch.

I Berlin roedden ni'n mynd. Roeddwn i'n gwybod hynny rywsut. Roedd Berlin yn un o'r targedau oedd wedi ei hamddiffyn orau. Hefyd roedd y ddinas yng nghanol yr Almaen ac roedd hi'n bell i ffwrdd. Gallai hedfan i Berlin ac yn ôl gymryd hyd at ddeg awr. Hynny yw, os oeddech chi'n llwyddo i ddod 'nôl o gwbl.

Ar ôl brecwast es yn syth i'r swyddfa i wneud yn siŵr nad oedd Price-Jones wedi bod yn chwarae jôc greulon arnon ni'r noson gynt. Ond doedd e ddim. Roedd fy enw ar yr hysbysfwrdd o dan *M am Mam*, gydag enwau gweddill y criw. Am y tro cyntaf, gwelais enw Awyr-Lefftenant Johnny King wedi'i ysgrifennu mewn sialc gwyn wrth ymyl y gair 'Peilot'.

Es i'r maes glanio ar fy meic i ddechrau gwaith y dydd. Roedd llawer i'w wneud cyn cyrch bomio. Byddwn i wrthi drwy'r bore'n gwirio'r offer darllen mapiau ar ein hawyren Lancaster, *M am Mam*, a gwneud yn siŵr fod popeth yn iawn.

Dyna lle roedd hi, yn sefyll ar y tarmac, yn ymddangos yn niwl y bore fel aderyn cyntefig enfawr, a hwnnw yn lledu ei adenydd ar doriad gwawr. Roedd y pedwar propelor enfawr yn llonydd, fel petaen nhw wedi'u rhewi yn yr awyr oer. Roedd y swigen berspecs yn nhrwyn yr awyren yn cyfeirio tua'r gorwel. Dyma lle byddai Nelson yn gorwedd yn ei hyd ac yn aros am yr eiliad gywir i wasgu'r botwm gollwng bomiau a gollwng ein llwyth marwol. Roedd fy mwrdd i, a'r siartiau a'r offer, wedi'i guddio y tu mewn, yng nghefn y caban.

Roedd criw'r maes awyr yn archwilio ein hawyren ni. Roedd hanner dwsin o fechgyn mewn oferôls ac esgidiau glaw wrthi'n gweithio ar *M am Mam*, yn gwneud yn siŵr fod popeth yn iawn ar gyfer y cyrch.

Anadlais awyr oer y bore a theimlo fy stumog yn troi. Roedd llwyth o danwydd yno yn barod. Roedd hynny'n golygu taith hir. Berlin, roeddwn i'n siŵr! Ceisiais anghofio'r peth. Doedd dim amser i oedi a synfyfyrio. Ddim os oeddwn i am weld May cyn yr *op*.

Ar ôl i mi orffen gwirio fy rhan i o'r awyren, rhuthrais draw i'r adeilad rheoli lle roedd May yn gweithio. Gwyddwn fod ei shifft yn dechrau cyn hir. Roedd y WAAFs yn treulio'r nos mewn bloc filltir neu ddwy i ffwrdd. Roedd lorïau'n eu cludo i'r gwersyll bob bore.

Roeddwn i'n gynnar. Doedd May heb gyrraedd eto. Arhosais wrth fynedfa'r swyddfa. Roedd gwynt oer yn chwythu dros y maes awyr ac yn pigo fy ngwar. Yn sydyn, roedd Trevor Price-Jones wrth fy mhenelin.

"Ddylet ti ddim bod yn rhywle arall? Rwyt ti ar *ops* heno, on'd wyt ti? Er mwyn popeth, ddyn, cer i'r cae nos!"

Roedd e'n golygu bod angen i mi gysgu, ac roedd e'n iawn. Nodiais a cherdded i ochr arall yr adeilad fel nad oedd yn gallu fy ngweld. Allwn i ddim wynebu dadlau â Price-Jones. Roedd fy stumog yn troi'n barod wrth feddwl am y cyrch y noson honno. Y tu ôl i'r bloc cyfrifon, pwysais yn erbyn y wal ac aros, gwthio fy nwylo i bocedi fy siaced a throi fy nghefn at yr oerfel. Roedd heulwen y gwanwyn fel petai wedi diflannu am y dydd.

O'r diwedd, clywais injan yn rhuo a gwelais y lori'n cyrraedd. Arhosodd y tu allan i'r adeilad rheoli. Agorwyd y cefn a dringodd sawl WAAF allan. Dyna lle roedd May. Roedd hi'n hawdd ei hadnabod a'i gwallt golau wedi'i dynnu'n dynn a'i glymu mewn sgarff.

Tynnais fy nwylo o'm pocedi ac roeddwn ar fin codi fy llaw pan gydiodd rhywun yn fy mreichiau'n sydyn a'u dal. Meddai llais yn fy nghlust, "Na, paid! Dwi ddim am gael melltith ar *M am Mam* am nad wyt ti'n gallu gadael llonydd i May Miller!"

Hammers oedd yno. Llusgodd fi y tu ôl i'r adeilad rheoli ac erbyn i mi gael fy nhraed yn rhydd, roedd May a'r lleill wedi diflannu. Ac roedd Trevor Price-Jones yn sefyll yn y drws eto,

24

ei ddwylo ar ei gluniau, yn rhythu arnaf. Doedd dim byd arall i'w wneud. Gwyddwn na allwn weld May eto cyn mynd. Ac erbyn hynny, byddai'n rhy hwyr.

Pennod 6
Lwc Hammers

"Er dy les di dy hun mae hyn, Len! Fe fyddi di'n diolch i mi yn nes ymlaen!" Galwodd Hammers ar fy ôl. Edrychais i ddim arno wrth gerdded i ffwrdd.

Yn ôl â fi i'r cwt Nissen i orwedd ar fy ngwely bync. Roedd Nelson yn dal i gysgu. Doedd Nelson byth fel petai'n poeni am ddim. Doedd e ddim hyd yn oed yn poeni wrth feddwl am fynd ar gyrch awyr i Berlin. Roedd hen deimlad tynn yn fy mrest o hyd ac roeddwn i'n ei chael hi'n anodd anadlu. Roeddwn i'n gynddeiriog. Yn benwan.

Pan ddaeth Hammers i'r cwt, roedd yn rhaid i mi fy atal fy hunan rhag neidio oddi ar fy ngwely a'i daro. Gorweddais yno a'm dannedd yn rhincian. Gwrandewais arno'n twrio drwy ei eiddo.

Cyn hir byddai'n rhaid i ni fynd draw i'r ystafell friffio, i gael gwybod beth fyddai ein targed y noson honno. Yna i ffwrdd i'r ffreutur i gael bacwn ac ŵy. Byddai'r lori'n dod wedyn i fynd â ni i'r orsaf barasiwt i gasglu ein parasiwt a'n hoffer hedfan, yna ymlaen i'r awyren Lancaster oedd yn disgwyl amdanon ni.

Roedd Hammers yn dal i dwrio draw wrth ei wely bync. Roeddwn wedi hen alaru arno erbyn hyn.

"O'r gorau," meddai Hammers, gan sefyll ac edrych arnaf. "Jôc yw jôc, ond mae hyn yn mynd yn rhy bell!" Roedd cryndod yn ei lais. Cefais syndod o weld fod pob aelod o'i gorff yn crynu. "Len, os wyt ti wedi mynd ag e, dwi'n addo i ti y bydda i'n – "

"Wedi mynd â beth?" meddwn i.

"Paid ag esgus nad wyt ti'n gwybod! Rho fe 'nôl a soniwn ni ddim rhagor am y peth."

Codais ar fy eistedd yn y gwely bync. "Wn i ddim am beth rwyt ti'n sôn."

Nawr, Hammers oedd yn edrych fel petai am fy nharo i. Caeodd ei ddyrnau.

"Fy nghlawr potel lwcus. Rho fe 'nôl!"

Bu bron i mi chwerthin yn ei wyneb. Ond yna gwelais mor welw oedd e. Roedd Hammers yn ofni am ei fywyd. Roedd e wir yn credu y gallai hen glawr potel ddod ag e 'nôl yn ddiogel o'r cyrch. Ac roedd e'n methu dod o hyd iddo.

"Dyw dy glawr potel di ddim gen i," meddwn i.

"Mae'n rhaid ei fod e!" Rhythodd Hammers arna i. Roedd ei wyneb yn goch fel tân. "Roeddet ti'n wyllt gacwn ar ôl i mi dy rwystro di rhag gweld May Miller. Felly dyma ti'n mynd ag e. Nawr rho fe 'nôl. Plîs!"

Roedd y tawelwch yn llawn tyndra. Eisteddodd Hammers ar y gwely bync agosaf. Claddodd ei wyneb yn ei ddwylo.

Sefais ar fy nhraed. Doeddwn i ddim yn gynddeiriog bellach. Roeddwn i'n teimlo'r un mor ofnus â Hammers erbyn hyn. Roedden ni'n dîm. Roedd yn rhaid i ni weithio gyda'n gilydd. Allwn i ddim goddef gweld Hammers fel hyn.

"Dere," meddwn i. "Fe chwiliwn amdano gyda'n gilydd." Draw â fi at wely bync Nelson. "Wyt ti'n gallu rhoi help llaw i ni, Nelson? A ti hefyd, Ron."

Cerddodd Johnny King i mewn i'r cwt ychydig eiliadau'n ddiweddarach, a gweld pob un ohonon ni ar ein pedwar yn syllu o dan y gwelyau ac i bob twll a chornel yn y cwt tywyll.

"Beth sy'n digwydd?" gofynnodd.

"Hela'r gwniadur, Gapten," meddai Nelson. "Dyma beth mae'r criw yma bob amser yn ei wneud. Mae'n ffordd hwyliog o dreulio'r amser cyn mynd ar *op*."

Cododd Johnny ei ysgwyddau. "Mae'n bryd i ni fynd i'r ystafell friffio."

Ddaethon ni byth o hyd i glawr potel lwcus Hammers.

Pennod 7
Targed Heno

Roedd hi'n dechrau nosi wrth i ni fynd i mewn i'r ystafell friffio. Roedden ni i gyd yno. Nelson a Hammers druan, oedd yn edrych yn nerfus ofnadwy. Johnny King, Dodge, Ron a Mitch a'r holl griwiau bomio eraill o'r sgwadron. Yn ôl yr arfer, roedd y staff gwybodaeth wedi tynnu llen fawr ar hyd y wal o'n blaenau er mwyn cuddio'r map enfawr a fyddai'n rhoi'r holl wybodaeth fyddai ei hangen arnon ni am y cyrch.

Aeth pawb yn dawel. Roedd pawb ar bigau'r drain. Camodd Trevor Price-Jones at y wal a thynnu cortyn bach. Agorodd y llen a dyna enw ein targed, mewn prif lythrennau. Ac roeddwn i'n iawn o'r dechrau. Berlin.

Dechreuodd corws o ocheneidiau isel lenwi'r ystafell pan welodd pawb i ble roedden ni'n mynd. Edrychodd Trevor Price-Jones yn gynddeiriog ar bawb, ei fwstas yn crynu. Ond roedd hi'n iawn iddo fe. Doedd dim rhaid iddo fe hedfan i Berlin.

"Peidiwch â phoeni, fechgyn," meddai Johnny. "All dim fod yn haws!"

"Ond dyw hyn ddim yn lwcus," meddwn i. "Yr *op* cyntaf gyda ti fel capten ac rydyn ni'n mynd i Berlin!"

Edrychodd Johnny arna i. Roedd e'n gwenu ond roedd ei lygaid yn oer. "Mae croeso i ti symud at griw gwahanol unrhyw bryd, Len."

Ond allwn i ddim gadael y lleill. Doeddwn i erioed wedi hedfan gydag unrhyw un arall. A gwyddai Johnny King hynny. Ysgydwais fy mhen a gobeithio na fyddwn i'n difaru gwneud y penderfyniad hwn.

Pennod 8
Diogel yng Nghanol y Rhifau

Mapiau. Cyfrifiadau. Ffigurau. Rhifau.
Dyna'r cyfan oedd yn llenwi fy meddwl pan
oedden ni yn yr awyr. Eisteddwn wrth fy mwrdd
plotio cyfyng, a'r llen gynfas ar gau, fel fy mod ar
wahân i bawb a phopeth oni bai am fy mapiau, y
cyfrifiadau roeddwn i'n eu gwneud, a'm rhifau.

Doeddwn i ddim yn meddwl am yr hyn
allai fod yn digwydd yng ngweddill yr awyren,
neu am yr holl awyrennau bomio eraill oedd
yn hedfan wrth ein hymyl, neu am awyrennau
ymgyrch nos yr Almaenwyr, y drylliau a'r
chwiloleuadau. Doeddwn i ddim yn meddwl am y

bomiau roedden ni'n eu cario, y casgenni metel enfawr oedd mor fawr â dyn, yn llawn ffrwydron. Doeddwn i ddim yn meddwl lle roedden nhw'n cwympo nac ar bwy y bydden nhw'n glanio. Y cyfan roeddwn i'n meddwl amdano oedd plotio cwrs cywir i Berlin ac yn ôl adref eto. Ac er mwyn gwneud hynny, roedd fy ffigurau gen i.

Roedd hen deimlad annifyr am yr *op* yma. Dwi'n credu ein bod ni i gyd yn ei deimlo, er nad oedd neb am ddweud hynny. Felly roedd canolbwyntio ar blotio'r cwrs yn bwysicach nag erioed. Roedd cymaint o bethau a allai fynd o chwith. Pethau y tu hwnt i'm rheolaeth i. Ond roedd un dasg roeddwn i'n gwybod fy mod yn gallu ei gwneud, a'i gwneud hi'n dda, sef plotio cwrs yr awyren. Gallwn blotio cwrs yr awyren hon i Berlin ac yn ôl.

Roeddwn i'n gwisgo fy helmed hedfan ledr, a chlustffonau'n rhan ohoni. Clywais sŵn crafu ac yna daeth llais Johnny King i'm clustiau.

"Ble ry'n ni nawr, Len?"

Roedd fy masg ocsigen ynghlwm wrth yr helmed, ond roedd yn hongian wrth un o'r strapiau. Roedd meicroffon wedi'i roi yn y masg i mi gael siarad â'r peilot a gweddill y criw dros yr intercom. Doedden ni ddim yn ddigon uchel eto fel bod angen yr ocsigen ac roedd y masg yn gadael ôl ar fy wyneb os oeddwn i'n ei wisgo'n rhy hir. Ond nawr roedd angen i mi siarad â'r capten, felly codais y masg a'i roi dros fy wyneb.

"Dwi'n gwirio'r cwrs nawr, Gapten. Pum munud i'r arfordir. Ac rydyn ni tua milltir yn rhy bell i'r chwith. Wnei di edrych ar y map rholio, Nelson?"

Yn ogystal ag anelu'r bomiau, roedd Nelson hefyd yn blotiwr cwrs wrth gefn, er bod ei offer yn llawer symlach na'r rhai oedd gen i. Dim ond map rholio oedd ganddo fe, map oedd fel rholyn o bapur tŷ bach, a siart arno'n dilyn y cwrs roedden ni'n bwriadu ei ddilyn.

"O'r gorau," daeth llais Nelson yn ôl. Bu tawelwch ac yna siaradodd eto. "Dwi'n gallu gweld yr afon. A dyna'r rheilffordd. Felly, ydyn, rydyn ni ychydig dros filltir i'r chwith."

Roeddwn i wrthi'n gwneud cyfrifiadau sydyn ar bapur. Yna, codais y masg at fy wyneb eto. "Newid cwrs, tair gradd."

"Tair gradd. O'r gorau."

Wedyn roedd yn rhaid i mi gyfrifo ein cyflymder ar lawr yr awyren gan ddefnyddio'r G-Box, un o'r pethau diweddaraf oedd ar gael i'n helpu i blotio'r cwrs. Os oeddwn i'n gwybod ein cyflymdra, gallwn gyfrifo faint o amser y byddai'n ei gymryd i ni gyrraedd ein targed. Byddwn i'n ei gyfrifo i'r eiliad, bob amser. Wrth gwrs, doeddwn i byth gant y cant yn gywir, ond roeddwn i am weld pa mor agos ati y gallwn fod.

Nawr clywais sŵn llais cras Nelson yn fy nghlust. "Dyma'r arfordir yn nesáu, yn union fel y dwedaist ti, Len."

"Ydy hynny'n dy synnu di?" meddwn i.

"Ddim am eiliad."

Hyd yn oed dros yr intercom swnllyd, gallwn glywed y wên yn ei lais. Ac yn sydyn roeddwn i'n teimlo'n well. Roedd popeth yn mynd i fod yn iawn. Ni oedd y criw bomio gorau, hyd yn oed os oedd cannwyll yr Hen Ddyn wedi diffodd. Dim ond cyrch arall oedd hwn. Roedden ni wedi gwneud hyn dair gwaith yn barod, felly beth am bedair gwaith? Beth am 30 gwaith? Byddwn i'n dewis y cwrs cywir at y targed, byddai Nelson yn gollwng ein bomiau ac yna byddwn i'n dewis y cwrs cywir adref. Beth allai fynd o'i le?

Pennod 9
Miloedd o Droedfeddi Islaw

Ymlaen â ni dros Fôr y Gogledd. Gwyddwn fod y môr yno, filoedd o droedfeddi islaw, yn ddwfn ac yn oer ac yn dywyll. Ond ceisiais beidio â meddwl am hynny.

Roedd y G-Box wedi rhoi dechreuad da i ni, ond fyddwn i ddim yn gallu ei ddefnyddio unwaith y bydden ni dros dir y gelyn. Doedd e ddim yn gweithio cystal pan fydden ni ymhell o'r gwersyll, a beth bynnag, roedd yr Almaenwyr wedi dod o hyd i ffordd i rwystro'r signal. Doedd y G-Box yn dda i ddim ar ôl croesi Môr y Gogledd.

Roedd angen i mi fod yn ofalus pan fydden ni'n cyrraedd arfordir y gelyn. Ond cyn hynny byddai rhywbeth arall yn digwydd yr adeg hon o'r *op*. Salwch awyr. Wel, dyna roeddwn i'n ei alw. Bob tro roedden ni'n hedfan ar *op*, roedd yn rhaid i mi chwydu. Roedd tŷ bach cemegol yng nghefn yr awyren. Gwnes fy ffordd yno, gan ddringo dros y polyn canol yn gyntaf, ac yna'r polyn cefn, a bwrw fy mhen yn erbyn y fframwaith haearn amrwd fwy nag unwaith ar fy ffordd.

Es heibio i Dodge, oedd yn eistedd o flaen ei drosglwyddydd radio. Roedd wedi tynnu ei siaced hedfan ac roedd yn llewys ei grys. Doedd yr un oedd yn gweithio'r radio bron byth yn oeri mewn awyren Lancaster. Roedd e'n eistedd yn union yn ymyl y tyllau gwresogi. Cododd Dodge ei fawd wrth i mi gropian heibio. Un tro, dywedodd wrtha i na fyddai wedi teimlo'n iawn wrth hedfan ar *op* pe na bawn i'n chwydu. Doeddwn i ddim yn mynd i'w siomi.

Wrth i mi fustachu dros y polyn eto ac yn ôl at fy nesg, edrychais i fyny a gweld caban y peilot yng ngolau arian y lleuad. Dyna lle roedd Johnny wrth y llyw, yn hedfan a'i law chwith ar y ffon lywio a'i law dde'n gorffwys ar ei ben-

glin. Roedd Hammers yn eistedd wrth ei ochr,
a'i lygaid yn gwibio dros y panel rheoli. Roedd
y deialau disglair yn taflu golau oren gwan ar ei
wyneb llonydd. Roedd dau ddiffoddwr tân, rhai
metel sgleiniog, yn disgleirio ar y panel uwch ei
ben.

Ar ôl mynd y tu ôl i'r llenni eto, eisteddais ac
ysgrifennu yn fy llyfr nodiadau. Roeddwn i 'nôl
yng nghanol y rhifau ac roedd popeth yn dda.
Yna daeth llais Johnny drwy'r tawelwch.

"Mae arfordir y gelyn yn union o'n blaenau
ni, fechgyn. Mae llawer o fflac gan yr Almaenwyr
yn yr ardal yma. Gall y daith fod yn un anodd o
hyn ymlaen."

Pennod 10
Plymio a rholio

Rhoddais fy llaw ar y bensel a'r llyfr nodiadau rhag iddynt lithro oddi ar y ddesg. Roedden ni'n dringo, yn uwch ac yn uwch. Roedd Johnny'n mynd â ni i fyny, gan obeithio osgoi gynnau'r Almaenwyr. Roedd angen ein masgiau ocsigen arnon ni nawr. Bydden ni i gyd wedi llewygu hebddyn nhw.

"Tipyn o dân gwyllt." Roedd Nelson yn rhoi gwybod am y sieliau roedd e'n gallu eu gweld yn ffrwydro oddi tanon ni. "Does dim byd yn agos at ein taro ni, Gapten. Ry'n ni'n rhy uchel."

"Da iawn, fel yna y dylai hi i fod."

39

Sïodd yr injans. Aeth yr amser heibio. Rhoddais ragor o gyfrifiadau i Johnny King fel y gallai gadw at y cwrs cywir. Roedden ni'n dod yn nes ac yn nes at ein targed. Ac yn bellach ac yn bellach oddi cartref.

Roedden ni wedi bod yn yr awyr am bron i bedair awr pan ddaeth y perygl cyntaf. Daeth yn ddirybudd.

"Awyren y gelyn ar y chwith!" daeth llais Mitch, yn dynn gan ofn, dros yr intercom. "Mae hi tua milltir y tu ôl i ni. Daro! Dwi wedi'i cholli hi. Mae hi wedi mynd i ganol y cymylau."

"Wyt ti'n gweld unrhyw beth, Ron?"

"Dim byd."

Tawelwch llethol, ac yna'n sydyn roedd Ron yn gweiddi. "Plymiwch a rholio i'r dde, Gapten! Plymiwch a rholio i'r dde!"

Plygais ymlaen wrth i mi deimlo'r awyren yn plymio a rholio ar yr un pryd. Dyma'r ffordd orau o gael gwared ar awyren ymgyrch y gelyn, ond doedd hi ddim yn hwyl i'r criw. Gwthiodd y peilot y ffon lywio mor bell ag y gallai a dyma ni'n troelli drwy'r awyr, gan blymio miloedd o droedfeddi, er mwyn ceisio cael gwared ar yr awyren.

Yna'n sydyn roedden ni'n hedfan yn syth eto, fel petai dim wedi digwydd. Daeth tawelwch llawn tyndra dros yr intercom am funud neu ddwy. Eisteddais wrth fy nesg. Prin roeddwn i'n mentro anadlu. Roeddwn i'n disgwyl clywed sgrech bwledi'n rhwygo drwy *M am Mam*.

O'r diwedd meddai Ron, "Dwi'n credu ein bod ni wedi'i cholli."

Roeddwn i wedi bod yn cydio mor dynn yn fy nesg, roedd hi'n anodd i mi ollwng gafael. Roedd fy mysedd yn boenus ac roedd gwaed yn fy ngheg lle roeddwn i wedi cnoi fy ngwefus.

"Pa mor bell yw'r targed, Len?" Roedd Johnny King yn swnio'n ddidaro iawn. Yn rhy ddidaro. Gallen ni i gyd fod wedi cael ein lladd.

"Beth yw'r ateb, blotiwr?"

Tynnais anadl ddofn ac edrych ar y cyfrifiadau roeddwn i wedi bod yn eu paratoi cyn i Mitch roi'r rhybudd. Edrychais ar fy wats. Gweithiais set newydd o ffigurau yn gyflym.

"Fe fyddwn ni yno mewn 52 munud, 35 eiliad," atebais.

Pennod 11
Uwchben y Tân

Roeddwn i'n anghywir. Dim ond 51 munud gymerodd hi. Yna roedden ni dros Berlin a dechreuodd hi boethi go iawn.

"Targed o'n blaenau."

Roedd mwy a mwy o fflac ac roedd criwiau'r chwiloleuadau ar y ddaear yn brysur yn ceisio ein dal yn eu pelydrau pwerus. Bod mewn côn oedd yr enw am hyn. Os oedden nhw'n gallu eich gweld chi, byddai mwy a mwy o chwiloleuadau'n dod arnoch chi. Cyn hir byddai'r awyren Lancaster wedi'i goleuo fel coeden Nadolig a byddai'r gynwyr yn eich saethu chi yn chwilfriw.

Os oedden ni am allu mynd adref eto roedd yn rhaid i ni aros yn gudd yn y tywyllwch nes i ni ollwng ein bomiau a dianc.

"Ydyn ni braidd yn isel, Gapten?" Roedd hi'n rhyfedd pa mor bell roedd llais Hammers yn swnio dros yr intercom.

"Rydyn ni'n iawn." Roedd Johnny King mor siŵr ohono'i hun fel y dechreuais feddwl ei fod e'n rhyw fath o swyn lwcus ar ffurf dyn. Efallai na fyddai dim yn gallu gwneud niwed i ni os oedd Johnny wrth y llyw.

"Drysau'r bomiau wedi'u hagor."

Nawr roedd Nelson yn ein harwain wrth i ni baratoi i ollwng y bomiau.

"I'r chwith. I'r chwith. I'r dde. Daliwch hi. Daliwch hi."

Roedd yn rhaid i ni hedfan yn syth fel y gallen ni fod yn siŵr fod ein bomiau ni'n cyrraedd y targed, sef ardal o ffatrïoedd yn bell oddi tanom. Dyma ran fwyaf peryglus y cyrch. Roedd hi'n hawdd ein taro nawr.

O'n cwmpas ni i gyd, roedd yr awyrennau bomio eraill yn agosáu at y targed, yn gollwng eu bomiau, ac yna'n troi am adref.

Brathais fy ngwefus. Diffoddais y meic.
"Dere, Nelson!" sibrydais o dan fy anadl.
"Gollwng y bomiau! Gollwng y bomiau ac yna
gallwn ni fynd o 'ma!"

O'r diwedd, daeth gwaedd Nelson "Bomiau
wedi mynd!" Teimlais *M am Mam* yn ysgwyd
a chodi wrth iddi ollwng miloedd o bwysi ar
unwaith.

Ac yna fe ddigwyddodd. Daeth sŵn rhwygo
dychrynllyd. Disgynnodd y Lancaster a throi
ar ei hochr. Yn sydyn, cafodd y llenni rhwng fy
mwrdd plotio i a gweddill yr awyren eu rhwygo.

"Arswyd y byd!" meddai rhywun dros yr
intercom. "Mae'r adain chwith wedi ei tharo!"

"Fe ddwedais i ein bod ni'n rhy isel!"
Hammers oedd hwn. "Mae rhywun wedi gollwng
bom arnon ni!"

Roedd y gwaethaf wedi digwydd. Roedd un
o'n hawyrennau ni, criw bomio fel ni, oedd yn
hedfan rywle uwch ein pennau ni, wedi gollwng
eu bomiau ar ben *M am Mam*. A nawr, i wneud
pethau'n waeth, roedden ni wedi cael ein dal ym
mhelydrau un o'r chwiloleuadau. Doedd unman
i guddio. Roedd yr awyren wedi'i goleuo, y tu

mewn a'r tu allan. Caeais fy llygaid rhag y golau oedd yn fy nallu.

"Rydyn ni mewn côn!"

Roedden ni'n disgyn drwy awyr y nos, yn troi ac yn troi, yn ceisio dianc rhag y golau. Ond gyda chymaint o ddifrod i'r adain, doedd *M am Mam* ddim yn gallu hedfan yn syth, heb sôn am ddianc rhag y chwiloleuadau. Clywais sŵn y gynnau gwrthawyren ac yna teimlais gryndod ofnadwy wrth i'r sieliau rwygo ein hawyren Lancaster.

Yn sydyn diffoddodd y goleuadau llachar. Doeddwn i ddim yn cael fy nallu bellach. Roedd y chwiloleuadau wedi ein colli ni. Agorais fy ngheg. Edrychais drwy bersbecs caban y peilot ar yr olygfa o'n cwmpas ni. Doeddwn i erioed wedi teimlo bod yn rhaid i mi edrych y tu hwnt i'r llenni o'r blaen. Roeddwn i wedi bod yn hapus bob amser ar wahân i bawb arall gyda'r mapiau a'r sgwaryn a'r llithriwl. Doeddwn i erioed wedi edrych ar y targed, neu hyd yn oed ar y llu o awyrennau bomio oedd yn hedfan gyda ni. Ond roedd heno'n wahanol. Doedd dim dewis gen i. Edrychais.

Roedd hi'n olygfa frawychus. Roedd y gynnau'n goleuo pobman. Roedd sŵn ffrwydradau yn yr awyr o'n cwmpas i gyd. Roedd awyrennau'n cael eu goleuo wrth i'r chwiloleuadau eu canfod, neu wrth i sieliau gwrthawyren eu taro. Roedden nhw'n gwyro ac yn disgyn, a chynffon o fwg a thân yn eu dilyn. Ar y ddaear, roedd tanau'n llosgi'n wyllt, yn oren a choch. Gallwn weld llwythi o fflachiau marcio gwyrdd. Ein sgwadronau nodi llwybr ni oedd wedi gollwng y rhain, i'n helpu ni a'n harwain ni at y targed. Ym mhob man, ac i bob cyfeiriad, roedd tanau'n llosgi. Roedd y ddinas wedi cael ei boddi gan fôr o fflamau. Sut gallai unrhyw un fod yn fyw o hyd yn yr uffern honno?

Codais a chamu oddi wrth fy nesg. Roedd tyllau mawr ar hyd corff yr awyren i gyd.

"Nelson? Ron? Unrhyw un?" Doedd dim ateb. Tynnais fy helmed hedfan a'r masg ocsigen. Yn y caban, roedd rhywun yn gwneud ei orau i reoli'r ffon lywio. Gallwn weld ei fod yn ymdrechu i'r eithaf i gadw'r awyren yn syth. Ac roedden ni'n dal i ddisgyn. Cododd ei ben a gwelais mai Hammers oedd e.

"Neidia!" gwaeddodd. "Er mwyn popeth, cer! Fe ddalia i hi cymaint ag y galla i, yna fe ddo i ar dy ôl di."

"Beth am y lleill? Ble mae Johnny?"

"Wedi mynd."

Edrychais o'm cwmpas. Roeddwn i'n meddwl y byddwn i'n ei weld ar y llawr, naill ai wedi'i anafu neu wedi marw. Doedd neb yno. Ond gallwn i weld rhywun, i lawr wrth drwyn yr awyren. Nelson. Roedd yn gorwedd wyneb i waered. Doedd e ddim yn symud. Gwelais lif tywyll o waed a throis fy mhen.

"Len!" gwaeddodd Hammers arnaf eto. "Mae'n rhaid i ti neidio! Mae'n rhaid i ti fynd nawr!"

Nodiais yn wirion, a throi i nôl fy mharasiwt.

Pennod 12

Dinas o Dân

Roedd y sioc wedi fy mharlysu. Dro ar ôl tro roeddwn i'n dweud wrth fy hun, "Dyw hyn ddim yn digwydd. Dyw hyn ddim yn digwydd." Ond roedd yn digwydd. Roedd y cyfan yn rhy real. Codais fy mharasiwt. Roedd fy nwylo'n crynu cymaint, prin roeddwn i'n gallu clipio'r strapiau wrth fy harnais.

Edrychais yn ôl ar Hammers. Roedd e'n cydio yn wyllt wrth y ffon lywio, yn ceisio cadw *M am Mam* yn syth er mwyn i mi allu neidio. Roedd ei wyneb yn rhychau i gyd wrth iddo ymdrechu, a'i dafod yng nghornel ei geg. Trois i ffwrdd a dringo at y trwyn, lle roedd y drws dianc. Welais i byth mo Hammers wedyn.

Roedd trwyn yr awyren wedi cael ei ddifrodi. Roedd y gwynt yn chwythu drwy'r tyllau yn y Persbecs. Ceisiais beidio ag edrych ar Nelson oedd yn gorwedd yng nghanol ei offer anelu bomiau oedd bellach yn ddarnau mân. Roedd fy ffrind gorau wedi marw.

Roedd y drws ar agor yn barod. Ac roedd rhywun arall yno, yn ei gwrcwd wrth yr agoriad. Johnny King oedd e. Cydiodd yn fy mraich a gweiddi yn fy wyneb a bloeddio fel fy mod yn gallu'i glywed yn sŵn rhuo'r gwynt.

"Mae fy mharasiwt wedi'i ddifrodi. Fe fydd yn rhaid i ni fynd gyda'n gilydd." Cydiodd yn strapiau fy mharasiwt a'u clymu am ei arddyrnau. "Nawr neidia!"

Symudais i ddim. "Ydy'r lleill yn iawn? Roddaist ti orchymyn i weddill y criw neidio o'r awyren?"

Roedd gan Ron a Dodge eu drysau dianc eu hunain yng nghefn yr awyren. Efallai fod Mitch wedi mynd yn barod. Doedd Nelson ddim yn mynd i unman. Ond allwn i ddim deall pam roedd Johnny yma, yn barod i adael yr awyren, a heb fod yn ôl wrth y llyw, yn hedfan yr awyren gyda Hammers.

"Neidia!" gwaeddodd Johnny. "Nawr!"

Arhosais eto, wedi rhewi gan ofn. Roeddwn i'n ddryslyd ac yn ansicr. Yna ciciodd Johnny King fy nghoesau a'm gwthio. Baglais, a gyda Johnny'n dal i gydio wrth strapiau'r parasiwt, cwympon ni drwy'r agoriad, allan i awyr y nos.

Ddof i byth i wybod ai Johnny King neu fi dynnodd y cylch i agor y parasiwt. Dwi'n cofio dim am yr eiliadau cyntaf hynny wrth i ni blymio fel carreg tua'r ddaear. Y peth nesaf wyddwn i, roedden ni'n hongian yn yr awyr a'r gwynt yn chwythu drwy'r strapiau a'r parasiwt sidan yn tonni uwch ein pennau. Roedd Johnny King yn cydio'n dynn ynof, a'i anadl yn boeth ar fy wyneb.

Trois fy mhen a gweld *M am Mam* yn mynd heibio i ni, yn plymio i gyfeiriad y ddaear. Roedd fflam oren yn ei goleuo. Roedd hynny'n golygu'r diwedd. Mae'n rhaid bod y tanciau petrol wedi cael eu taro. Wrth i mi wylio, daeth y fflamau'n fwy llachar, gan adael ffrwd o dân yn yr awyr, ac yna diflannodd yr awyren yn sydyn. Edrychais i ffwrdd. Oedd unrhyw un o'r lleill wedi dod allan, neu ai dim ond Johnny a fi oedd yn fyw?

Edrychais lawr ar y ddaear. Roeddwn i'n difaru gwneud hynny'n syth. Roedden ni'n disgyn yn gynt nag y dylen ni. Roedd y parasiwt wedi cael ei wneud ar gyfer un, nid dau. Ac roedden ni'n disgyn i geg uffern.

Roedd goleuadau bwledi tanllyd yn tasgu drwy'r awyr dywyll. Roedd yr awyr yn fyw gan wreichion tân yn llosgi, fel haid o gythreuliaid bach yn hofran. Roedd y ffaglau yn gawodydd o goch, gwyrdd ac oren. A gallwn weld patrwm strydoedd y ddinas yn wenfflam. Roedd y ffyrdd troellog wedi'u goleuo gan fflamau a ffrwydradau bomiau. Roedd rhesi cyfan o adeiladau fel petaen nhw'n cuddio y tu ôl i lenni o fflamau. Dyma beth roedd ein bomiau ni'n ei wneud. A doeddwn i ddim i fyny yn yr awyr yn *M am Mam* rhagor, yn cuddio y tu ôl i'r llenni ac yn gwneud cyfrifiadau yn fy mhen. Roeddwn i yma, yn disgyn yn gyflym tuag at y strydoedd oedd bellach yn adfeilion. Roedden ni ar fin ymuno â'r bobl roedden ni wedi bod yn eu poenydio, ar strydoedd eu dinas o dân.

Pennod 13
Tywyllwch a Golau

I lawr â ni. Roedd coelcerth danllyd oddi tanom ac roedden ni'n plymio tuag ati. Roedd gwres yr adeiladau gwenfflam yn llosgi fy nhraed a'm coesau. Chwyrlïodd mwg a lludw o'n cwmpas a daeth chwa boeth o awel i lenwi ein parasiwt a'n codi dros y fflamau.

Glanion ni mewn lle tywyll y tu hwnt i dân y strydoedd. Tynnodd rhywbeth wrth fy siaced hedfan. Cafodd un o'm hesgidiau ei rhwygo oddi ar fy nhroed. Rhwygodd y parasiwt hefyd. Ochneidiodd Johnny mewn poen cyn cwympo a diflannu. Roedden ni wedi glanio yng nghanol y coed, ac roedd y parasiwt wedi cydio yn y canghennau, ond allwn i ddim gweld dim a doeddwn i ddim yn gwybod beth i'w wneud.

"Wyt ti'n mynd i aros fan 'na'n hongian drwy'r nos?"

Roedd Johnny'n sefyll yn union oddi tanof, a'i ben wrth fy mhengliniau.

Tynnais harnais y parasiwt yn rhydd a chwympo. Collais fy ngwynt wrth daro'r ddaear yn galed. Trois ar fy ochr a gorwedd yno, a'm hanadl yn fy nwrn.

"O, cod ar dy draed, y babi mami!"

Roedd Johnny wedi tynnu ei siaced ledr a'i helmed hedfan. Roedd yn cerdded yn ôl ac ymlaen o dan y coed tywyll.

"Dwi'n credu ein bod ni wedi glanio yn un o barciau'r ddinas. Ond allwn ni ddim mynd i unrhyw le tra bydd y cyrch awyr yn parhau. Fe ddylen ni chwilio am le i guddio am weddill y nos."

Ddywedais i ddim byd. Dim ond baglu y tu ôl iddo wnes i wrth i Johnny wneud ei ffordd drwy'r parc gwag, gan gadw at gysgod y coed a'r llwyni.

"Edrych. Cwt garddwr yw hwnna draw fan 'na."

Roedd cwt pren isel o dan res o goed pinwydd. Ciciodd Johnny'r drws. Sylwais fod ei ddwy esgid am ei draed. Dilynais ef i'r cwt gan hercian, a chaeodd Johnny'r drws. Roedd hi'n dywyll fel bol buwch.

Roedd arogl pridd a lleithder yno. Ond roedd mwg tân y ddinas yn y cwt hefyd. Roedd yn crafu fy ngwddf bob tro roeddwn i'n anadlu.

"Johnny."

"Beth?" Llais yn y tywyllwch.

"Fe ddwedaist ti gelwydd." Roedd fy llais yn dawel. "Fe ddwedaist ti dy fod ti'n lwcus. Pam na soniaist ti am y lleill? Y criwiau roeddet ti wedi hedfan gyda nhw o'r blaen? Wedi marw, pob un ohonyn nhw."

Chwythodd Johnny King drwy ei drwyn a chodi ei ysgwyddau. "Fe ddwedais i fy mod i'n lwcus, nid fy hen griwiau. Nid fi sydd ar fai os nad oedd fy lwc i o help iddyn nhw. Roeddwn i'n gobeithio y byddech chi'n wahanol."

"Fe adewaist ti i Hammers farw! Fe est ti o'r awyren, cyn gynted ag y gallet ti, a'i adael wrth y ffon lywio! Doedd dim gobaith caneri ganddo!"

Cododd ei ysgwyddau. "Dwi eisiau byw. Rhyfel yw hwn, nid rhyw gêm wirion. Mae angen i chi'r bechgyn dyfu ac aeddfedu."

"Does dim llawer o gyfle gan Hammers. Na Nelson. A beth am Ron, Dodge a Mitch hefyd? Does dim llawer o gyfle ganddyn hwy i dyfu ac aeddfedu."

"Cau dy geg, er mwyn dyn! Fe ddaw pob Almaenwr am filltiroedd i wybod ein bod ni yma!"

"Beth yw'r ots? Maen nhw'n mynd i'n dal ni beth bynnag. Rydyn ni yng nghanol Berlin! Sut rydyn ni'n mynd i ddianc?"

"Cau dy geg, wnei di? Fe feddyliwn ni am hynny wedyn. Yn gyntaf, mae angen gorffwys arna i."

Y tu allan, roedd cryndod chwyrnu'r bomiau a tharanu'r gynnau'n ddi-baid. Caeais fy llygaid yn nhywyllwch y cwt. Ond gwyddwn na fyddwn i'n gallu cysgu'r noson honno.

Daeth y cyrch i ben tua phedwar y bore. Yna tawelodd hi am awr neu ddwy. Gwyliais olau'r wawr yn treiddio i'n cuddfan. Clywais sŵn adar yn canu.

Roedd hi'n fore, ac roedd Johnny King yn syllu drwy ffenest fach lychlyd.

"Dwi'n gallu gweld pobol," meddai. "Maen nhw'n edrych fel criw o hen wragedd. Sylwais i ddim yn y tywyllwch, ond rydyn ni ar ymyl y parc, ger rhes o strydoedd. Mae'r ardal i gyd wedi cael ei tharo yn ddrwg. Prin bod tŷ sy'n dal yn gyfan."

"Johnny," meddwn i. "Wyt ti'n meddwl bod unrhyw un o'r lleill wedi dianc o'r awyren?"

Atebodd Johnny ddim. Daliodd ati i edrych ar yr olygfa'r tu allan.

"Does dim sôn am unrhyw filwyr neu heddlu. Mae'r lle 'ma'n llanast llwyr!"

Pesychais. Roedd y pethau roeddwn i wedi'u dweud rai oriau yn ôl yn dal i wibio drwy fy meddwl. Doeddwn i ddim wedi gorffen dweud fy meddwl wrth Johnny King.

"Ro'n i'n meddwl mai gwaith y peilot yw cadw'r awyren yn yr awyr er mwyn i'r criw gael neidio. Fe adewaist ti Hammers wrth y ffon lywio. Roddaist ti ddim gorchymyn hyd yn oed i bawb neidio, do fe? Roeddet ti eisiau dy achub dy hun a neb arall. Dyna'r cyfan roeddet ti'n meddwl amdano, o'r eiliad pan gawson ni ein taro."

Trodd Johnny King ac edrych arnaf. Gwelais ei lygaid yn culhau.

"Eu gadael nhw wnest ti hefyd," meddai.

Pan atebais, daeth deigryn i'm llygaid ac roedd fy llais yn crynu. "Wyt ti'n meddwl nad ydw i'n gwybod hynny?"

Roeddwn i'n dal i allu gweld corff Nelson yn gorwedd yn bentwr yn nhrwyn y Lancaster, ac wyneb Hammers wrth iddo ymdrechu i reoli'r ffon lywio.

"Anghofia'r cyfan." Trodd Johnny at y ffenest. "Rydyn ni'n fyw ac maen nhw'n farw. Dyna ddiwedd y stori."

"Johnny King Lwcus!" chwarddais yn uchel. Chymerodd Johnny ddim sylw.

"Dwi'n mynd i siarad â'r hen fenywod 'na," meddai. "Fe wna i eu gorfodi nhw i roi rhywbeth i ni i'w fwyta. Dwn i ddim amdanat ti, ond dwi'n llwgu!"

"Rwyt ti'n mynd allan? Yn gwisgo gwisg y llu awyr? Dwyt ti ddim yn meddwl y gallai'r Almaenwyr allan fan 'na fod ychydig yn ... flin?"

"Ar ôl y bomio? Paid â bod yn ddwl! Fe fydd cymaint o ofn arnyn nhw fe fyddan nhw'n rhoi eu bwyd i gyd i ni'n syth. Dere."

Ysgydwais fy mhen. "Dwi'n aros fan hyn."

"Dim ond hen wragedd ydyn nhw, er mwyn popeth!"

Symudais i ddim.

Cododd Johnny ei ysgwyddau. "Gwna di fel mynni di. Ond dwi ddim yn dod 'nôl. Rwyt ti ar dy ben dy hun o hyn ymlaen. Dwi ddim am dy gael di yn gwmni os wyt ti'n ofni criw o hen wragedd!"

Agorodd ddrws y cwt a mynd heb edrych yn ôl.

Gwyliais ef trwy'r ffenest. Roedd hi'n edrych fel petai Johnny'n iawn. Roedd pobl yn ei ofni. Roedden nhw'n griw digon brith, yn gwisgo dillad carpiog. Aeth at un hen wraig denau oedd â gwallt gwyn tonnog. Roedd hi yn denau fel styllen ac yn edrych fel petai heb fwyta ers diwrnodau. Roedd Johnny'n llawer talach na hi, a dyma fe'n dechrau esgus bwyta, gan rwbio ei fol a rhofio llwyeidiau o fwyd dychmygol i'w geg. Pan welodd Johnny taw dim ond syllu wnaeth y wraig, cododd ei ddwrn a gweiddi arni.

"Gwna fel dwi'n dweud, yr hen dwpsen!" bloeddiodd, er ei bod hi'n amlwg nad oedd hi'n ei ddeall. Camodd hi 'nôl mewn ofn, a'i llygaid yn fawr. Daeth dwy wraig arall, y ddwy'n hen ac yn edrych wedi llwgu fel yr un gyntaf, a symud yn gyflym rhwng Johnny a'u ffrind. Gwenon nhw arno, gan nodio, llyfu eu gwefusau a rhwbio eu boliau. Arweinion nhw fe i ffwrdd tuag at stryd o dai oedd wedi'u bomio. Llusgodd y lleill ar eu hôl nhw a diflannodd Johnny King yn y dyrfa.

****

Cefais fy nghymryd yn garcharor ychydig oriau'n ddiweddarach. Daeth patrôl o filwyr yr Almaen – dau hen filwr a bachgen tua dwy ar bymtheg oed, flwyddyn neu ddwy'n iau na fi – at y cwt, cicio'r drws a phwyntio'u gynnau ataf.

Codais fy nwylo uwch fy mhen a dyma nhw'n fy martsio i o'r parc. Aethon ni heibio rhes o dai a'u muriau yn deilchion, a dim ond pentyrrau mawr o frics a rwbel ar ôl. Wrth edrych ar y llanast i gyd, cefais sioc o weld corff dyn yn crogi o'r unig bostyn lamp oedd yn sefyll yn y stryd.

Johnny oedd e. Doedden nhw ddim wedi rhoi bwyd iddo. Roedden nhw wedi'i grogi e.

Ysgydwodd un o'r milwyr ei ben. Roedd golwg ddifrifol arno. Pwyntiodd y bachgen ifanc at Johnny a siarad â mi, yn Saesneg. "Lwcus mai ni ddaeth o hyd i ti."

Roeddwn i'n teimlo'n oer, wedi rhewi gan ddychryn. Roedd Johnny wedi marw, wedi cael ei grogi gan dyrfa gas. Roeddwn i'n methu amgyffred y peth. Dilynais y milwyr ac roedd pob cam yn boenus. Roedd y daith yn teimlo fel oes.

Aethon nhw â mi i ystafell y gard ar lawr uchaf bloc o fflatiau oedd wedi ei daro gan fom. Wrth i ni ddringo'r grisiau gwichlyd, roeddwn i'n hanner disgwyl i'r adeilad i gyd gwympo. Dyma swyddog ag un fraich, a'i lygaid yn goch oherwydd diffyg cwsg, yn dod draw ataf i ofyn ychydig gwestiynau yn Almaeneg. Pan ddaeth hi'n amlwg nad oeddwn i'n ei ddeall, ochneidiodd a dweud rhywbeth wrth filwr â gwallt gwyn, ac aeth hwnnw â mi i lawr y grisiau eto.

Cadwon nhw fi mewn ystafell fach ar waelod y grisiau, wrth ddrws agored oedd yn arwain i'r stryd. Gallwn fod wedi ceisio dianc, ond i ble? Roeddwn i'n garcharor yn Berlin, prifddinas y gelyn, ac yno y byddwn i'n aros.

Ar ôl ychydig, cyrhaeddodd merch ar gefn beic ar hyd y ffordd oedd yn llawn rwbel. Gwyliais wrth iddi osod ei beic yn erbyn y wal y tu allan. Roedd hi'n ymddangos ei bod yn rhyw fath o negesydd. Ar ôl rhoi neges i'r swyddog yn ystafell y gard, daeth i lawr y grisiau eto ac eistedd gyferbyn â mi. Gallwn ei gweld hi'n llygadu fy nhroed noeth, oedd yn frwnt ac yn goch gan waed. Dwi'n siŵr nad oedd gweddill fy nghorff yn edrych yn llawer gwell.

Roedd y ferch yn iau na mi o ychydig. Roedd rhywbeth amdani'n fy atgoffa am May Miller. Meddyliais tybed a fyddwn i'n gweld May byth eto.

Cyrhaeddodd lori a phwyntiodd y milwr â gwallt gwyn at y drws. Roedd hi'n bryd i mi fynd.

Wrth i mi adael yr ystafell, safodd y ferch a gwthio rhywbeth i'm llaw. Darn o fara.

Eisteddais yng nghefn y lori a gyrron ni drwy'r strydoedd oedd wedi eu dinistrio yn llwyr. Aethon ni heibio rhes ar ôl rhes o dai a oedd bellach yn adfeilion. Roedd cyrff ar y palmantau, a blancedi dros eu hwynebau. Roedd rhai yn ifanc iawn. Plant.

Yn fy llaw roedd y crystyn o fara roedd y ferch wedi'i roi i mi. Doeddwn i ddim wedi bwyta ers dros 24 awr ac roeddwn i'n llwgu. Roedd Nelson wedi marw. Roedd Johnny wedi marw. Roedd Hammers, Ron, Mitch a Dodge i gyd ar goll. Ond roeddwn innau'n fyw. Dyna'r cyfan wyddwn i.

Roedd aderyn du yng nghanghennau tywyll un o'r coed ar ymyl y stryd. Roedd ei gân yn uchel ac yn llawen. Felly roedd hi'n wanwyn yma, hefyd.

Meddyliais am y ferch yn ystafell y gard. Roeddwn i wedi dod mewn awyren fomio Lancaster i ddinistrio ei dinas a lladd ei phobl. Gallai unrhyw un o fomiau *M am Mam* fod wedi ei lladd neu chwalu ei breichiau a'i choesau. Gallai fod wedi ei chladdu o dan rwbel ei chartref ei hun, a chyrff marw ei theulu o'i chwmpas.

Ond eto, roedd hi wedi rhoi bwyd i mi. Treiglodd dagrau ar hyd fy mochau wrth i mi roi'r bara yn fy ngheg a bwyta.